To Paul and Betsy —Amy

For my Aunt Judy —Robb

Publisher's Cataloging-in-Publication
(Provided by Quality Books, Inc.)

Johnson, Amy Crane Johnson
    A home for Pearl Squirrel : a Solomon Raven story/
Amy Crane Johnson, author ; Robb Mommaerts, illustrator
= Una casa para la ardilla Perla : una historia del
cuervo Salomón / escrito por Amy Crane Johnson ;
ilustrado por Robb Mommaerts ; translated by Eida de la
Vega - - Rev. ed.
    p. cm.
    Text in English and Spanish.
    SUMMARY: Pearl Squirrel had built a lovely new home
in a tree and invited her forest friends over for a housewarming
party. Some of her friends like Mrs.Deerheart, Mrs. Rabbit and Maurice
Skunk were unable to get up the tree to Pearl's home and all of her
friends found Pearl's home inadequate for their needs in one way or
another. This upset Pearl, so she sought advice from wise Solomon
Raven who helped her understand how different types of homes are
right for different forest folk.
    Audience: Ages 4-8
    ISBN 0-9724973-4-X
    LCCN 2003090824

    1. Animals–Habitations–Juvenile fiction.
2. Multiculturalism–Juvenile fiction. [1. Animals–
Habitations- -Fiction. 2. Multiculturalism- -Fiction.
3. Spanish language materials- -Bilingual.] I. Mommaerts,
Robb. II. Title. III. Title: Casa para la ardilla Perla

PZ73.J546 2004   [E]
                   QB103-700118

Printed in China by Regent Publishing Services Limited
10 9 8 7 6 5 4 3 2
revised edition

A HOME for PEARL SQUIRREL

Written by / Escrito por
Amy Crane Johnson

Illustrated by / Ilustrado por
Robb Mommaerts

Translation by / Traducción por
Eida de la Vega

UNA CASA para la ARDILLA PERLA

Raven Tree Press
LLC

Up in the crook of a hickory tree, Pearl Squirrel
was resting in her cozy new leaf nest. She was
proud of her first home.

As she dozed in the autumn afternoon Pearl had an idea.
A party! A party to celebrate her first home!

En un recodo, en lo alto de un nogal, la ardilla
Perla descansaba dentro de su nuevo y cómodo
nido de hojas.

Mientras dormitaba en la tarde otoñal, Perla tuvo una idea.
¡Una fiesta! ¡Una fiesta para celebrar su primer hogar!

Pearl scampered off to invite all her friends.

First she found the Deerheart family. They said in their soft deer way that they would be happy to come to Pearl's party.

Perla salió disparada a invitar a sus amigos.

Primero encontró a la familia Corazón de Ciervo. Ellos le dijeron con sus maneras suaves que estarían encantados de asistir a la fiesta.

Before long she met her best friend Mason. Pearl told him about the party. He said he would gladly be there.

Deep in the forest Pearl came upon Marilyn and her baby bunnies. They wiggled their noses and accepted the invitation.

Muy pronto se encontró con Mason, su mejor amigo. Perla lo invitó a la fiesta. Mason dijo que asistiría con gusto.

En lo profundo del bosque, Perla encontró a Marilyn y a sus conejitos. Ellos movieron las narices y aceptaron la invitación.

Maurice said he could take time off for something as important as a party at Pearl's new home.

Spike, like many porcupines, was hard to find. He slept during most of the day and came out at night. He could be anywhere!

When Pearl finally found him, she woke him gently. Spike said he would wander over after his snooze.

Mauricio dijo que podía desocuparse un rato por algo tan importante como una fiesta en la nueva casa de Perla.

Púas, como la mayoría de los puercoespines, fue difícil de encontrar. Dormía durante casi todo el día y salía por la noche. ¡Podía estar en cualquier sitio!

Cuando Perla finalmente lo encontró, lo despertó suavemente. Púas le dijo que iría a la fiesta cuando terminara la siesta.

Now, Pearl needed party food. She gathered berries, nuts, roots and mushrooms. Soon tasty treats filled Pearl's new nest.

Ahora, Perla necesitaba comida para la fiesta. Recogió bayas, nueces, raíces y setas. Pronto, el nuevo nido de Perla estaba repleto de sabrosas golosinas.

When the Deerheart family arrived, they couldn't climb Pearl's tree. Oh, no! "Dear, dear, what kind of home is this?" asked Mrs. Deerheart. "Our home is much better, my dear, much better."

Cuando la familia Corazón de Ciervo llegó no pudo subir al árbol de Perla. ¡Oh, no!
—Pero, querida, ¿qué clase de casa es ésta? —preguntó la señora Corazón de Ciervo. Nuestra casa es mucho mejor, querida mía, mucho mejor.

Next came Marilyn and her baby bunnies. Maurice followed Marilyn's path. But none of them could climb Pearl's tree either!

They all gazed up at her beautiful leaf home as they left. They politely thanked Pearl, but whispered, "Our homes are far better."

Enseguida llegaron Marilyn y sus conejitos. Mauricio venía detrás. ¡Pero ninguno de ellos pudo subir al árbol de Perla!

Todos se quedaron mirando la bella casa de hojas mientras se iban. Le dieron las gracias cortésmente a Perla, pero murmuraron: —Nuestras casas son mucho mejores.

Pearl began to think she hadn't done such a good job. Maybe Mason would like her new home. But when Mason waddled up he said, "Come with me and see how a real house is built!"

Perla comenzó a pensar que no había hecho un trabajo tan bueno. Quizás a Mason le gustara su nueva casa. Pero cuando Mason llegó, dijo:
—Ven conmigo para que veas cómo se construye una verdadera casa.

Pearl followed Mason down to the river.
"Isn't this beaver dam just swell?" asked Mason.

"I'm sure it is," sighed Pearl, " but I don't have
webbed hind feet or a flat tail. And I can't swim
as well as you."

Perla siguió a Mason hasta el río:—¿No es perfecto
este dique de castor? —preguntó Mason.

—Estoy segura de que sí —suspiró Perla—, pero
yo no tengo patas traseras palmeadas ni cola aplanada.
Y no puedo nadar tan bien como tú.

Pearl grew very sad. She snuggled down in her leaf nest, but could not sleep. How could she have been so wrong?

Pearl heard a scratchy sound coming closer and closer. Spike! Surely Spike would like Pearl's home.

Perla se puso muy triste. Se acurrucó en su nido de hojas, pero no pudo dormir. ¿Cómo podía haberse equivocado tanto?

Perla escuchó un sonido chirriante que se acercaba cada vez más. ¡Púas! A Púas le gustaría la casa de Perla.

"This is nice," admitted Spike. "But why settle for just one home? I have many places in the forest to rest. You should try it. It's the only way to live!"

—Es bonita —admitió Púas—. ¿Pero por qué conformarse con una sola casa? Tengo muchos lugares en el bosque para descansar. Debieras probar a hacer lo mismo. ¡Es la única manera de vivir!

Pearl was sadder than ever. None of her forest friends thought she had a good home.

Then she heard Solomon Raven, the wisest bird in all the forest, cawing in the hickory tree they shared.

"Did you have a party today?" asked Solomon.
"I did," sighed Pearl, "but some of my friends couldn't make it up our tree. And all of them think their homes are better than mine."

Perla estaba más triste que nunca. Ninguno de sus amigos del bosque pensaba que ella tenía una buena casa.

Entonces, oyó al cuervo Salomón, el pájaro más sabio del bosque, graznando en el nogal que ambos compartían.

—¿Celebraste una fiesta hoy? —preguntó Salomón.
—Sí —suspiró Perla—, pero algunos de mis amigos no pudieron subir al árbol. Y todos piensan que sus casas son mejores que la mía.

"Well, they are better. Better for them," said Solomon. "Every animal has a habitat. Each habitat is different and each one is special. Deer need both shelter and open space. Rabbits and skunks sleep in earthy dens. Could you live like that?"

"No," cried Pearl, "but Spike and Mason think their homes are best, too!"

—Bueno, son mejores. Mejores, para ellos —dijo Salomón. Cada animal tiene su hábitat. Cada hábitat es diferente y cada uno es especial. Los ciervos necesitan tanto un refugio como espacios abiertos. Los conejos y los zorrillos duermen en madrigueras en la tierra. ¿Podrías vivir así?

—¡No! —gritó Perla—, pero Púas y Mason también piensan que sus casas son mejores.

"Would you be able to sleep just about anywhere," asked Solomon, "and could you use your tail to patch holes in your house?"

—¿Podrías dormir en cualquier parte? —preguntó Salomón—. ¿Y podrías usar tu cola para remendar huecos en tu casa?

"No, I wouldn't. I couldn't," said Pearl, beginning to understand.

—No, no podría —dijo Perla empezando a comprender.

Solomon whispered, "Settle down and feel how perfect your nest is for you. This is your own special squirrel place."

🐦

Salomón susurró: —Quédate en tu nido y trata de sentir lo perfecto que resulta para ti. Ése es tu sitio.

Pearl smiled. She did have a good home.
She had a home that was best for her.

Perla sonrió. Tenía una buena casa.
Tenía la casa que más le convenía.

Glossary / Glosario

English	Español
home	la case
nest	el nido
leaf	la hoja
party	la fiesta
deer	el ciervo
forest	el bosque
invitation	la invitación
tree	el árbol
sad	triste
habitat	el hábitat